CRATOÃNAS
MITOS INDÍGENAS DO NORDESTE

YAGUARÊ YAMÃ E IKANÊ ADEAN

CRATOÃNAS
MITOS INDÍGENAS DO NORDESTE

Ciranda Cultural

Esta é uma publicação Principis, selo exclusivo da Ciranda Cultural
© 2024 Ciranda Cultural Editora e Distribuidora Ltda.

Texto
© Yaguarê Yamã e Ikanê Adean

Produção editorial
Ciranda Cultural

Editora
Michele de Souza Barbosa

Diagramação
Linea Editora

Preparação
Adriane Gozzo

Design de capa
Ana Dobón

Revisão
Fernanda R. Braga Simon

Ilustrações
Laerte Silvino

Dados Internacionais de Catalogação na Publicação (CIP) de acordo com ISBD

Y192c	Yamã, Yaguarê.
	Cratoãnas - mitos indígenas do nordeste / Yaguarê Yamã ; Ikanê Adean ; ilustrado por Laerte Silvino. - Jandira, SP : Ciranda Cultural, 2024.
	80 p. : il; 15,50cm x 22,60cm. - (Mitos indígenas do Brasil).
	ISBN: 978-65-261-1871-9
	1. Literatura infantojuvenil. 2. Cultura indígena. 3. Lendas. 4. Pluralidade cultural. 5. Literatura indigenista. 6. Brasil. 7. Povos tradicionais. I. Adean, Ikanê. II. Silvino, Laerte. III. Título. IV. Série.
2024-2071	CDD 028.5
	CDU 82-93

Elaborado por Lucio Feitosa - CRB-8/8803

Índice para catálogo sistemático:
1. Literatura infantojuvenil 028.5
2. Literatura infantojuvenil 82-93

1ª edição em 2024
www.cirandacultural.com.br
Todos os direitos reservados.
Nenhuma parte desta publicação pode ser reproduzida, arquivada em sistema de busca ou transmitida por qualquer meio, seja ele eletrônico, fotocópia, gravação ou outros, sem prévia autorização do detentor dos direitos, e não pode circular encadernada ou encapada de maneira distinta daquela em que foi publicada, ou sem que as mesmas condições sejam impostas aos compradores subsequentes.

AO ESCRITOR INDÍGENA
ADEMARIO PAYAYÁ.

SUMÁRIO

Os povos indígenas do Nordeste e suas faces mitológicas............ 9

Potira Yara, a Cumadi Fulozinha.. 14

Angrió, a sombra do medo... 18

Garanhuns, o vale encantado dos lobos....................................... 21

Guajará... 24

Karamurú 27

Wakatly, o lobo da morte... 30

Queggiahorá.. 33

Karuarú.. 36

Poúfaba – nunca devas a ninguém.. 39

Kletxa 42

Feolába, o olho da floresta... 45

Mandukan Mbarió, a onça de cria 48

Ihy Gahixó, o pai do mato.. 51

Sahy Xokó, o anão protetor da Serra da Barriga 54

Moxotó, o dragão do Cariri.. 57

Makren-Kahné, o criador do rio Jequitinhonha 60

Akayuranga, o pai do cajueiro 63

Lenda da Ameshka 66

Txopai e Itohã, a origem da humanidade 69

Bruaga, o homem-verme 73

Glossário 75

Sobre Yaguarê Yamã 77

Sobre Ikanê Adean 79

OS POVOS INDÍGENAS DO NORDESTE E SUAS FACES MITOLÓGICAS

Cada povo indígena representa um universo cultural. Há vários troncos e famílias etnolinguísticos no Nordeste do Brasil. A extensa lista de nomes de nações mostra o que muitos já sabem: que essa região do país conta com riqueza e singularidade culturais.

Dois troncos etnolinguísticos estão divididos em famílias, as quais, por sua vez, estão divididas em etnias, das quais as mais conhecidas são pataxó, cariri, xukuru, potiguara, tabajara, wasú, xokó e tupinambá. No entanto, se formos englobar todas elas, com certeza passaremos de sessenta, pois o Nordeste é a região do Brasil onde teve início o processo de retomada de identidade dos povos indígenas submetidos ao processo de colonização, e, com isso, veio o resgate tanto das línguas nativas quanto da própria cultura desses povos, incluindo os mitos. Muitas nações que uma década atrás eram consideradas "extintas" tornaram-se hoje atuantes e fortalecidas em todas as atividades sociais.

Quando a temática em questão é religião e mitologia, os povos do Nordeste agrupam-se em dois grandes troncos: mitológico tupi e mitológico jê, das famílias cariri e kren (botocudo).

Em nossas andanças, pesquisando e resgatando antigas mitologias, vimos que no Nordeste, mesmo com o apagamento de muito do que se refere à cultura original, mantiveram-se os tradicionais torés, do povo jê, e as rodas de coco, do povo tupi. Os povos fulniô, xukuru, pankararu e potiguara são alguns dos que mantiveram forte sua religião, mesmo que misturada ao africanismo, o que só enriqueceu sua cultura, por ser um tipo de antídoto ao desaparecimento das culturas ocorridas em todo o Brasil.

Neste livro de vinte entidades, monstros e seres da mitologia do Nordeste, consta apenas uma fração de todo o universo de lendas que povoa a rica expressão dos povos indígenas dessa região. Como na Amazônia, também há no Nordeste inúmeros seres que precisam ser conhecidos pela sociedade brasileira como modo de fortalecimento não só da identidade indígena, mas de sua própria identidade.

Cada mito tem aspectos únicos. As religiões, com seus deuses, seus monstros e sua mitologia, agregam a eles uma infinidade de valores.

Este livro ressalta esse ensejo. Os valores da terra precisam ser mostrados, conhecidos, além de alimentar culturalmente o povo brasileiro, o qual, a nosso ver, carece de conhecimento do próprio país.

CRATOÃNAS

Neste livro, além de seres fantásticos conhecidos por alguns, os quais, por vezes, ganharam estereótipos, há entidades até então desconhecidas do público em geral, jamais inseridas antes na literatura escrita. Vemos nisso um grande passo para o povo brasileiro não só conhecer os mitos e as entidades estrangeiras (celtas, nórdicas, gregas, egípcias, entre outras), mas também da própria terra, nas mitologias dos povos indígenas do Brasil.

POTIRA YARA, A CUMADI FULOZINHA

Mito do povo potiguara

Potira Yara é uma das principais entidades da mitologia do povo potiguara. Seu nome em "nordestinês" deriva de Comadre Florzinha; já em tupi, língua do povo potiguara, significa "dona flor" ou "senhora das flores".

Se para a maioria dos povos indígenas há uma personificação da mãe da mata, cada uma delas com características particulares, a da "Cumadi Fulozinha" é, sem dúvida, uma das mais interessantes, a começar por seus três nomes que se referem à flor, uma vez que essa entidade adora flores e adorna com elas os longos cabelos negros. Assim, ela permanece bela o tempo todo, até mesmo quando está irada vingando a floresta e rogando praga nos invasores ou punindo os desmatadores.

Diz a lenda que Cumadi Fulozinha pode assustar quem estiver andando a cavalo na mata sem lhe deixar uma oferenda. Ela

costuma amarrar o rabo e a crina do animal de tal modo que ninguém consegue desatar os nós.

A ela também são atribuídos "causos" semelhantes narrados por anciãos das regiões rurais ligadas à cultura potiguara, onde os rabos dos cavalos em estábulos amanhecem amarrados da mesma maneira.

Segundo outras lendas, Potira Yara aparece a quem estiver derrubando árvores na floresta e se lança contra ele, jogando os longos cabelos sobre o rosto da pessoa, fazendo-a ficar enlouquecida por muitos dias.

Sem dúvida, trata-se de uma entidade protetora da floresta, daí a semelhança com outra entidade, a Ka'apora, que pode ser considerada sua irmã. Contudo, de acordo com os pajés, Potira Yara não gosta de ser confundida com a Ka'apora, e, quando isso acontece, dá uma grande surra de urtiga em quem a confundiu, provocando-lhe muita comichão.

Os tempos mudaram, e, atualmente, os brancos são maioria na região protegida por Potira Yara. Certamente seu trabalho aumentou, e as dificuldades em permanecer viva na memória das pessoas só fortaleceram sua vontade de cuidar da mãe terra. Ainda hoje, são comuns relatos de indivíduos que presenciam suas aparições em zonas de floresta, o que não é privilégio apenas dos indígenas.

Muitos descrevem essa entidade como enraivecida. E não poderia ser diferente, tendo em vista a destruição diária da natureza causada sobretudo pelos brancos. Já outros a descrevem como "um amor de pessoa", que ajuda os fracos e indefesos contra os perigos na mata e fora dela.

CRATOÃNAS

Até sua origem tem mais de uma versão. A original é a de que surgiu no momento em que a natureza foi criada pelo deus Tupã, justamente para cuidar dela e protegê-la. A outra, bem mais atual, é a de que era uma linda menina que se perdeu dos pais na mata e acabou falecendo. Seu espírito encarnou na própria floresta, e, desde então, ela passou a ser sua protetora.

No culto a Jurema, parte da religião sincretista indígena e negra, e entre parte dos próprios potiguaras, Potira Yara é considerada entidade divina de caráter ambíguo, que age para o bem e para o mal.

ANGRIÓ, A SOMBRA DO MEDO

Mito do povo camacã

Angrió é um ser monstruoso; é uma sombra maligna que se move em busca de seus objetivos e se esconde no escuro quando quer atacar.

Esse ser existe desde tempos imemoriais e é fruto da crença dos camacãs, antigo povo indígena habitante da região sul da Bahia. Segundo a lenda, Angrió, a mais poderosa das entidades malignas, surgiu quando o mundo foi dividido entre o bem e o mal – daí por que se diz que tudo no mundo é uma coisa ou outra, incluindo os seres humanos e as entidades mitológicas.

Angrió não se manifesta apenas perante o medo; surge, também, em meio à agonia de sua vítima. Aparece "do nada", sem que o indivíduo perceba. Ele surge, espera não haver muita gente por perto ou que a vítima esteja sozinha, aproxima-se dela e enlaça-se em seu corpo, até a pessoa ficar irada ou assombrada e perder a vontade

própria, sendo obrigada a fazer tudo o que Angrió desejar. Nesse momento, o monstro, que se materializa com a aparência de um ser de chifres e dentes pontiagudos, resolve acabar com a vida da pessoa instigando-a a se jogar de algum lugar alto, por exemplo, ou puxando o gatilho de uma arma contra si mesma.

O suicídio, comum entre muitos povos indígenas, incluindo os camacãs, é uma das consequências dos ataques de Angrió. Então, quando alguém resolve tirar a própria vida, é, em geral, porque não está em sã consciência e está sob a influência desse ser maligno.

O objetivo de Angrió no mundo é único: amedrontar as pessoas para, em seguida, obrigá-las a cometer suicídio. Também se alimenta dos medos delas. É por essa razão que, quando sentimos medo, a vontade de sumir ou de desistir das coisas é grande. É nesses momentos que Angrió está se alimentando.

Dizem os antigos que Angrió está no mundo para se contrapor ao bem e sempre vai existir, porque o medo é um sentimento inerente a todos os seres humanos, não apenas aos indígenas. O medo serve de sustentação à sua existência e, consequentemente, o torna imortal. Isso significa que Angrió nunca vai desaparecer, a menos que todos resolvam viver bem, sem brigas, sem guerras e sem medo. No entanto, os anciãos, no auge da sabedoria, afirmam que isso é impossível, porque o ser humano sofre de outro problema crônico além do medo: a raiva. Esses dois sentimentos mantêm a existência do mal e, em consequência, de Angrió.

GARANHUNS, O VALE ENCANTADO DOS LOBOS

Mito do povo xukuru

Apesar de pertencer à cultura cariri-jê, o nome Garanhuns é de origem tupi e significa "campo dos lobos", em razão de no passado haver muitos lobos-guarás na região. A ideia mítica é a de que, em meio à Caatinga e aos campos gerais, bem no coração do atual estado de Pernambuco, crescia uma floresta verdejante, um vale encantado, lugar de todas as espécies de animais – um verdadeiro paraíso, o "guará anhun".

Se no universo da tradição indígena há paraísos terrestres como Nusokeĝ, dos mawés, Aruã, dos maraguás, e Araguaya, dos akewaras, o povo xukuru também tem o seu. E esse é muito mais enigmático, pois uma nuvem de mistério o rodeia e o abraça como algo que não pode ser desvendado, porque, além de sagrado, é

Yaguarê Yamã e Ikanê Adean

amaldiçoado. Dá para entender? Os sacerdotes do povo xukuru o abençoaram, mas os de um povo rival, que, segundo a tradição, não podem ser revelados, o amaldiçoaram.

Guará anhun difere-se dos demais paraísos. Lá, as árvores falantes conversam entre si, e até mesmo com os animais, e algumas têm a capacidade de se deslocar de um lado para o outro. Assim, não só os espíritos povoam conscientemente o lugar, mas também a própria natureza.

Se por acaso você for à cidade de Garanhuns, em Pernambuco, e em meio ao arvoredo ouvir conversas "do nada", não pense tratar-se de fantasmas ou que está ficando louco. Lembre-se do mito de Guará anhun. O tempo passa, a modernidade chega, as pessoas mudam, mas a mística permanece, e o encanto continua.

E, se algum desavisado falar que tudo não passa de bobagem, pois os tempos agora são outros, diga-lhe: "Meu amigo, os encantados estão lá. Os bosques estão repletos. Só não vê quem não quer".

GUAJARÁ

Mito do povo tabajara

Também chamado pelos regionais de "duende dos manguezais", "Guari" ou "Pajé do rio", Guajará é um duende invisível que habita os manguezais do estado do Ceará, nas proximidades do território tradicional do povo indígena tabajara, da etnia tupi, o qual, por muito tempo, foi senhor absoluto do litoral cearense.

A cultura nativa dos tabajaras é a mantenedora original dessa entidade esquisita que não é boa nem má, mas apenas se diverte com a ignorância humana. Costuma açoitar os cães sem a menor piedade; aterroriza os viajantes com seus gritos horripilantes; imita a voz de animais e os ruídos de caçadores, pescadores, colhedores de mel, fingindo cortar árvores; às vezes, assume a forma de um pato, para poder entrar nas casas e fazer suas brincadeiras malévolas.

Guajará é uma espécie de fantasma travesso com poderes limitados; é capaz de estar em dois lugares ao mesmo tempo e se passar por pessoas ou animais. Em tempos antigos, aparecia sempre rapidamente, ou, às vezes, via-se apenas uma sombra. Diz a lenda

que ele ainda aparece. Para comprovar, basta observar seus feitos no interior do estado.

Segundo os pescadores, se alguém sair para pescar no mangue e, de repente, ouvir barulhos estranhos, assovios, cantigas, som de machado cortando árvores, pode dar meia-volta, pois nesse dia não se pescará absolutamente nada. E, por acaso, se alguém desobedecer a essa instrução e resolver seguir adiante, além de não pescar nada, voltará para casa com febre, cansado e com dores por todo o corpo, sem saber ao certo o que aconteceu e o motivo do mal-estar.

Para fazer boa pescaria e não ser atormentado por Guajará, é sempre bom carregar consigo um pouco de fumo e colocá-lo nas raízes do mangue, mas precisa ser tabaco puro, porque a entidade detesta fumo industrializado.

KARAMURÚ

Mito dos povos caeté e potiguara

Karamurú é o nome tupi da lampreia, espécie de peixe muito estranha que vive no mar. Além disso, é o nome de uma poderosa entidade que não é boa nem má, porém mata os humanos e se alimenta da carne deles quando sente fome.

Dizem os antigos que Karamurú, assim como a lampreia, vive nas proximidades dos recifes e em terrenos pedregosos, cavernas e buracos embaixo da água.

Sua aparência é perturbadora. Tem o tamanho de um indivíduo normal, mas a cabeça é comprida, os três olhos são escuros, a boca é redonda e com centenas de dentes pequenos e pontiagudos. Tem barbatana e, no dorso, escamas pretas, além da goela vermelha, por meio da qual respira como peixe.

Diz a lenda que, nos tempos da colonização, quando os brancos portugueses adentraram o litoral brasileiro, muitos foram vítimas de Karamurú. Diz-se que, nesses tempos, esse ser mitológico entrava nas vilas recém-fundadas e sugava o sangue de mulheres e crianças com sua boca própria para esse fim e, em seguida, alimentava-se do sangue de outros peixes.

Certa vez, durante a noite, numa pequena vila de pescadores, os moradores saíram, preocupados, à procura de uma criança e dos pais dela. Todos estavam em busca deles, mas não os encontraram em nenhum lugar, até que resolveram procurá-los na praia. Foi lá, a vários metros de distância da vila, que, sob a luz do luar, deram de cara com o temido Karamurú. O ser já havia matado os pais da criança e, naquele momento, sugava o sangue do rebento, o qual chorava desesperadamente.

Os moradores se assustaram com a cena e, no momento que resolveram voltar para pegar suas armas, o monstro saltou na água e desapareceu, deixando a criança viva.

Os populares acudiram a criança, e ela conseguiu sobreviver, mas os pais não tiveram a mesma sorte. Nada havia a ser feito, a não ser enterrá-los.

Quando o rebento cresceu, tornou-se um pescador afamado, então os moradores lhe contaram o que havia acontecido com seus pais, o que o fez sair à caça do monstro, em busca de vingança. No entanto, o jovem não conseguiu encontrá-lo, mas apenas colher dezenas de histórias e fatos acontecidos por causa dos ataques de Karamurú no litoral do Nordeste brasileiro.

WAKATLY, O LOBO DA MORTE

Mito do povo fulniô

Outrora entidade soberana da Caatinga de Pernambuco, Wakatly sobreviveu ao esquecimento da própria existência, quando o colonizador lhe tirou o trono e o cristianismo esqueceu o receio de sua presença.

É uma entidade maligna da crença do povo fulniô, temido também por outros povos do sertão, por ser tido como carniceiro voraz e ter feito centenas de vítimas.

Costumava andar entre mandacarus e xique-xiques, e ai daqueles que o vissem se assanhar, uivando, enquanto se preparava para atacar. Correr só piorava a situação. Gritar de nada adiantava. Quando atacava, Wakatly criava hologramas de si mesmo, como se

fosse uma matilha. Daí a pessoa enxergava vários seres malignos, quando, na realidade, se tratava de apenas um.

Caçador por excelência, esse monstro nunca desaparecia, como as demais entidades fantasmagóricas do sertão. Era de carne e osso, mas se mesclava às cores da Caatinga, por isso era difícil ao caminhante antever sua presença e fugir antes de se tornar sua presa.

QUEGGIAHORÁ

Mito do povo camacã

Queggiahorá é, ao mesmo tempo, deus do bem e do mal. É a personificação dos dois lados da existência humana: a vida e a morte. A dualidade característica de sua essência faz dele, também, um deus de duas cores: azul e vermelho. Tanto pode ser salvador como destruidor.

É assim que o povo camacã, do sul da Bahia, imagina esse deus dúbio. A ele, segundo a lenda, os crentes recorriam quando necessitavam de ajuda e dele também fugiam. As cores o diferenciavam. Sua personalidade mudava constantemente, e, conforme as cores, sabia-se se estava representando a destruição ou a salvação.

Queggiahorá, deus de uma cabeça e duas faces. A face vermelha simboliza a maldade e tudo de ruim que existe no mundo. A azul representa a bondade e a felicidade.

O *ke-krek* (pajé) costumava dar a dica; explicava qual face do deus estava voltava à pessoa em determinado momento. De acordo com os camacãs, foi Queggiahorá quem criou o mundo com sua beleza e, na mesma medida, com sua feiura. Tem sua assinatura na existência dos animais maus e bons, carnívoros e herbívoros, domésticos e silvestres. É dele também a obra de seres humanos bons e maus, assim como da alegria e da tristeza.

Queggiahorá criou a lua para simbolizar seu lado triste, ou seja, o lado vermelho, e o sol para simbolizar seu lado alegre, ou seja, o lado azul.

Dizem os pajés que, exatamente por sermos criaturas de Queggiahorá, temos um lado bom e um lado mau; momentos felizes e momentos tristes. Eis a explicação para a dualidade da vida.

KARUARÚ

Mito do povo wasú

Karuarú significa "o comedor" e recebe esse nome porque nunca está satisfeito; por isso, sempre está em busca de comida. Também nunca está no mesmo lugar. É andarilho e, em meio às matas e às serras, vive numa caçada sem fim, daí por que alguns também o chamam de "Guatasara, o andante".

Esse ser mitológico é uma entidade de carne e osso. Tem o tamanho e a aparência de uma onça-pintada, mas anda como gente e fareja igual a cachorro. Estranhos mesmo são seus olhos, que são três. Além dos "normais", na face, há o que fica atrás da nuca, e é por esse motivo que ele enxerga o futuro de sua caçada.

Karuarú é um ser único. Segundo as lendas, foi criado pelo deus Tupã para castigar seus desafetos. Com o tempo, tornou-se um ser independente, tanto que passou a caçar não só os inimigos de Tupã, mas também os amigos. Daí em diante, qualquer pessoa e qualquer animal passaram a ser seu alimento.

Nunca se sabe quando vai encontrar Karuarú. Há vezes em que ele aparece de repente, praticamente do nada, e, de súbito, ataca a vítima, sem dar chance a ela; outras vezes, ele se mostra de longe, justamente para amedrontar as pessoas e fazê-las fugir, com o intuito de dar mais emoção à caçada, pois se sabe que é um caçador implacável. Ele mata, devora a vítima sem deixar vestígios e depois desaparece em busca de novos alimentos, que podem ser um veado, uma onça, um cachorro e até mesmo um ser humano.

POÚFABA – NUNCA DEVAS A NINGUÉM

Mito do povo fulkaxó

Reza a lenda que Poúfaba é uma entidade mitológica em forma de mulher, porém se difere de uma por ter cauda comprida e dentes pontiagudos. É única e só aparece quando há dívidas não pagas, mentiras e promessas quebradas.

É assim: alguém resolve não cumprir uma promessa ou não pagar uma dívida e, mesmo sabendo que, de algum modo, vai causar transtornos à outra pessoa, endurece o coração; ao cair da noite, Poúfaba lhe aparece em sonho e, por meio dele, alimenta-se de sua alma. Ou, ainda, surge em sua forma mais bizarra e, enquanto o endividado ou mentiroso dorme, sobe na cama com cuidado, depois na vítima, para sugar-lhe o espírito.

Poúfaba é um mito, uma lenda antiga que povoa o imaginário dos nativos da região Nordeste desde tempos imemoriais. O povo fulkaxó talvez tenha criado essa narrativa fantasiosa como meio de proteção contra fraudes em contratos e outros negócios.

Não se sabe como o mito de Poúfaba se popularizou. Só se sabe que ela existe e está à espreita, aguardando pacientemente todos os mentirosos e endividados.

É por essa razão que não se deve dever nada a ninguém. Não se pode prometer o que não se vai cumprir. Não se pode mentir. Porque a conta chega, e é Poúfaba quem vai aparecer para cobrá-la.

KLETXA

Mito do povo fulniô

Kletxa é a "mãe da mata" na crença do povo fulniô, assim como talvez o seja a Cumadi Fulozinha para os potiguaras e a Ka'apora para os demais povos tupis. Trata-se de uma entidade boa e justa, por isso pode assombrar e castigar aqueles que prejudicam a natureza.

Perfeita e bonita, sua aparência é a de uma mulher nativa, com cabelos tão longos que chegam até o calcanhar e olhos tão negros e cativantes que, diz a lenda, quem neles presta atenção se perde no tempo e fica privado dos sentidos, como se estivesse enfeitiçado.

Kletxa anda pelas florestas e pela Caatinga. Está sempre a cuidar do meio ambiente, pois essa é sua responsabilidade como entidade primeira da natureza. Aparece e desaparece sem que ninguém a impeça. Quando há alguém prejudicando a natureza, ela, repleta de cólera, o ataca, lançando-lhe uma infinidade de doenças e má sorte, suas principais armas contra os predadores da natureza.

Kletxa significa "folha verde", "folha que cai", "folha da mata". Na língua yateh, é a personificação do espírito feminino da natureza.

YAGUARÊ YAMÃ E IKANÊ ADEAN

É amistosa e sorridente, mas também punitiva e enraivecida. Como cuida da natureza e a protege, pune e mata seus predadores.

Há, ainda, no imaginário do povo nativo, a ideia de que Kletxa cuida das pessoas, sobretudo dos órfãos e das viúvas, ou seja, dos desamparados. Por esse motivo, a "mãe da mata" é santificada por eles. Em rochas e grandes pedras do sertão nordestino, há orações e pedidos feitos a ela escritos em forma de grafismo. Assim dizem os antigos, assim creem os velhos pajés.

FEOLÁBA, O OLHO DA FLORESTA

Mito do povo fulkaxó

Todo nativo, principalmente aquele que tem íntima relação com a natureza, como os povos indígenas do Brasil, tem em sua crença ou religiosidade a figura representativa da "mãe da floresta" – um ser bom perante a natureza e implacável com quem a destrói, isto é, um ser justo que cuida do meio ambiente e o protege, mas também julga com ferocidade quem dele se aproveita; separa o joio do trigo, diferenciando o ser humano consciente, que tira da natureza apenas o suficiente para o próprio sustento, daquele que, por pura ganância e prazer, só desmata as florestas, polui os rios e não respeita o meio em que vive.

Feolába é uma dessas entidades. Pertence à cultura religiosa do povo fulkaxó e é figura central da proteção à vida e à natureza. Vive nas florestas, mas também pode estar na Caatinga e nos rios. Por essa razão, todo aquele que estiver próximo a esses lugares precisa reconhecer sua presença e pedir licença para adentrar esses ambientes.

Entidade linda como a maioria das mães da mata, Feolába nem sempre está de bom humor, por isso exige daquele que estiver em seu hábitat que, antes de entrar no local, lhe faça uma oração e lhe peça intercessão, porque, mesmo que o indivíduo não tenha segundas intenções, ela pode ser vingativa.

Diz a lenda que, quando alguém está andando pela floresta, Feolába está atenta a ele, olhando-o de cima de algum galho de árvore; se na Caatinga, ela o está observando detrás de algum grande cacto; se na água, está "de olho", em forma de peixe, no que a pessoa está fazendo. Daí por que se diz que ela é os olhos da floresta, pois nada lhe foge à vista.

Feolába tem sempre um xerimbabo (animação de estimação) com ela, quase sempre uma jaguatirica ou um gavião carcará. Esses animais lhe servem de companhia e, principalmente, de alerta. Por isso, sempre que se encontra um desses bichos na floresta, já se sabe que a mãe da mata pode estar por perto.

MANDUKAN MBARIÓ, A ONÇA DE CRIA

Mito do povo xokó

Mandukan era uma estrela quando resolveu visitar o mundo por achá-lo bonito demais. Mbarió era seu companheiro, uma estrela cadente que trouxe a parceira consigo para o vale do rio São Francisco, o qual, naquela época, se chamava Akuxibió, rio do ventre do mundo.

Já na terra, Mandukan, com fome e sem saber comer frutas, resolveu devorar Mbarió, criando, assim, uma fusão. Ela deixou de ter a aparência de uma estrela e tornou-se um animal diferente daqueles que havia no céu, mas bastante comum na terra: uma onça, porém de seis patas e duas cabeças, pois uma delas era a cabeça do antigo companheiro, devorado por ela, e assim Mandukan tornou-se Mandukan Mbarió, que significa "estrela devoradora".

O novo ser passou a viver no sertão da Serra da Barriga e, por vezes, aparecia na Chapada Diamantina, onde devorou todos os

outros animais da região, incluindo o Kohokobó, o Negro D'água, muito conhecido nos barrancos do rio São Francisco. Contudo, antes de devorá-lo, Mandukan Mbarió se relacionou com ele, assim como a aranha viúva-negra faz com seus parceiros antes de se alimentar deles. Mandukan Mbarió engravidou de Kahokobó e teve sete filhos: uma onça com cara de pato, uma com cara de cachorro, uma com cara de porco, uma com cara de veado, uma com cara de tatu, uma com cara de preá, e a última, com cara do próprio Negro D'água.

Como mãe de sete crias, Mandukan Mbarió sempre está raivosa e não aprecia a presença de seres humanos. Ruge alto para avisar-lhes que está por perto, de modo que não se aproximem. Se a pessoa desrespeitar o aviso e não correr para bem longe, poderá se tornar presa dos filhotes da entidade.

Nessa região do Nordeste (Chapada Diamantina), ela cria os filhos e os alimenta. Tornou-se lenda porque os brancos não acreditam em sua existência. Só acreditam aqueles que foram devorados por seus filhotes, mas esses não podem retornar do mundo dos mortos para dar seu testemunho.

IHY GAHIXÓ, O PAI DO MATO

Mito do povo xukuru

Ihy Gahixó é o nome dado pelos antigos povos xukurus de Pernambuco ao "pai do mato", entidade masculina protetora da floresta e dos animais.

Por ser o "pai do mato", esse ser mitológico vive na Caatinga do sertão pernambucano, cuida dela e a protege, embora seja considerado um mito.

Segundo anciãos nativos, essa entidade é bondosa com aqueles que respeitam a natureza e má com os que a depredam. Tem uma companheira chamada Xangaja, com quem cuida de todo o território sob sua proteção.

Xangaja tem três filhos: Mitonxa, Texoka e Peogohyji. São eles que atiram pedras nos depredadores, sem que estes saibam de onde estão sendo atiradas.

Ihy Gahixó é o inventor das armadilhas. Foi ele quem ensinou aos seres humanos as inúmeras formas de armadilha para pássaros e animais quadrúpedes. Apesar de ser o protetor dos animais, Ihy Gahixó deixa, sim, os seres humanos capturá-los. Mas ele só ajuda os seres humanos bons, aqueles que matam apenas para se alimentar, não por maldade ou prazer.

Foi ele também que inventou o arco e a flecha, arma menos danosa aos animais que as muitas inventadas pelos brancos. Por isso, os povos indígenas preferem usar o arco e a flecha em vez de armas de fogo para caçar tanto aves e peixes quanto animais quadrúpedes.

A família de Ihy Gahixó vive numa caverna, sob uma grande pedra, chamada de "chapada" pelo homem branco. É para lá que levam os animais feridos por flecha ou espingarda e cuidam deles, até que possam retornar aos seus hábitats. É lá também que preparam armadilhas para seres humanos desobedientes que não respeitam a natureza.

SAHY XOKÓ, O ANÃO PROTETOR DA SERRA DA BARRIGA

Mito do povo xokó

Bem no topo da Serra da Barriga existe um anão semelhante a um duende, de cauda curta e dentes vermelhos, chamado Sahy Xokó, que quer dizer "protetor da floresta". Por ser o protetor da serra, não gosta que as pessoas importunem seu hábitat, por isso roga praga em quem a depreda.

Sahy Xokó pertence ao grupo de seres bons e é uma das principais entidades do povo xokó. É filho da natureza, assim como a maioria das entidades da mitologia dessa etnia. Tem personalidade brincalhona: prende os pés dos caçadores sem que o percebam,

indica o caminho errado aos viajantes, mas, de tudo o que apronta, a pior travessura é soltar os animais presos nos currais.

Reza a lenda que, na época da escravidão, Sahy Xokó costumava aparecer aos escravizados fugitivos e os ajudava a se esconder. Foi sua atuação que fez com que houvesse muita resistência negra e indígena na região, pois essa entidade não costuma apenas cuidar da natureza, mas também de pessoas com problemas.

MOXOTÓ, O DRAGÃO DO CARIRI

Mito do povo payaku

Talvez esse seja o único entre todos os seres e entidades de origem indígena que se assemelha a um dragão. Isso mesmo! Um dragão em plena região do Cariri, entre os estados do Ceará, da Paraíba e do Rio Grande do Norte.

Seu nome é Moxotó, o que alguns dizem significar "lagarto de pedra", na antiga língua do povo da região. E ele é, de fato, um ser assombroso, até para o padrão dos dragões, pois, além de parecer um lagarto teiú de cinco metros, tem chifres e um único olho no meio da testa. Não cospe fogo, mas faz pior: cospe uma gosma venenosa que paralisa a vítima e, por ser corrosiva, destrói todo o tecido corporal dela. A pessoa só não se desfaz completamente com o veneno porque Moxotó a devora. Além disso, tem ao longo da cauda uma lâmina serrilhada e, na ponta, algo semelhante a uma lança, que, de tão certeira, fura o peito de quem com ele estiver lutando.

Não se sabe exatamente sua origem, nem o que aconteceu quando os brancos se apossaram do Cariri e iniciaram o processo de colonização. Alguns dizem que esse ser mitológico desapareceu para sempre; outros, que foi transformado em pedra pelo deus cristão, justamente para que não os devorasse. Mas há os que afirmam que ele ainda existe e continua a se manifestar por intermédio de seu espírito, igualmente amedrontador e muito poderoso.

O povo payaku foi e permanece sendo seu grande devoto. O Cariri também foi e continua sendo seu hábitat. Com a chegada dos portugueses, o povo payuaku quase foi extinto e, com ele, sua cultura e a crença no grande e temido Moxotó, o dragão de pedra da região do Cariri.

MAKREN-KAHNÉ, O CRIADOR DO RIO JEQUITINHONHA

Mito do povo gut-krak

Makren-Kahné não foi exatamente um deus nem um espírito criador. Foi um homem da extinta etnia gut-krak, que, em tempos idos, era o senhor do vale do rio Jequitinhonha, embora, naquela época, não houvesse nem rio nem vale, mas tão somente uma montanha chamada Xakri-hen.

Diz a lenda que, quando Makren-Kahné era menino, houve uma grande inundação no mundo, e muitos povos desapareceram após terem morrido afogados. O povo gut-krak, porém, subiu a montanha Xakri-hen e por lá ficou, por muitos anos, seguro da inundação.

Makren-Kahné cresceu e se tornou líder do povo. Foi quando as águas do mar, dos rios e dos lagos começaram a secar. O povo gut--krak ficou sem ter meios de beber água ou tomar banho. Perfurava

poços, mas nada encontrava. Então, resolveu pedir ajuda ao seu líder, pois, como sacerdote do deus Krehskaw, era ouvido por ele, e, por seu intermédio, muito o deus fazia.

Makren-Kahné ouviu o povo e foi falar com Kreshkaw, que logo o atendeu, mas lhe impôs algo em troca muito difícil de fazer. Para criar um rio, Makren-Kahné precisava aplainar a grande montanha Xakri-hen.

Sem alternativa, o líder se pôs a cavar e a aplainar a grande montanha. Começou relativamente jovem, e, quando completou setenta anos, a montanha estava abaixo. Virara uma grande planície, e Makren-Kahné só teve tempo de contemplá-la por breve momento, vindo a morrer em seguida.

O deus Kreshkaw, comovido com a obediência de Makren-Kahné, abriu-lhe a barriga com o bico de uma garça e fez com que dela jorrasse água, a qual, ao cair em abundância, formou o que conhecemos hoje como Vale do Jequitinhonha.

Dizem os antigos que dos órgãos de Makren-Kahné nasceram os peixes, e, de seu coração, os inúmeros siris e muçuãs (pequenas tartarugas de água doce), pratos preferidos do antigo povo gut-krak.

AKAYURANGA, O PAI DO CAJUEIRO

Mito do povo potiguara

Assim com o guaraná da Amazônia está para o povo mawé, o caju está para o povo potiguara. Fruto sagrado, pertence, de maneira íntima, à cultura e à crença desse povo, desde os primórdios, quando os animais ainda falavam e se relacionavam como os seres humanos.

Akayuranga é um espírito que, às vezes, aparece em carne e osso e cuida desse fruto sagrado com tanto amor que parece atrelado a ele.

Os potiguaras descrevem a versão "humana" de Akayuranga como um homem totalmente verde, exceto pelos olhos, que são amarelos. As partes de seu corpo só podem ser diferenciadas pelas várias tonalidades da cor.

É um verdadeiro espírito protetor que mora num cajueiro e cuida dele e de seu fruto. Eis o Akayuranga, nome que na língua tupi significa "espírito do caju".

Esse ser mitológico aparece e desaparece nos troncos dos cajueiros. Por vezes, surge sentado em seus galhos, mas jamais abandona a árvore. Diz a lenda que sua cabeça se assemelha à castanha, e seu formato é o que mais o diferencia das demais entidades conhecidas do povo potiguara.

LENDA DA AMESHKA

Mito do povo pataxó

Ameshka era uma menina pataxó, escolhida por seu povo para ser guerreira, e, justamente por isso, quando crescesse não poderia se casar nem ter filhos.

O tempo passou, Ameshka cresceu, tornou-se uma linda e encantadora jovem e acabou se apaixonando por um rapaz da mesma aldeia.

Muito apaixonada, ela se entregou ao rapaz e acabou engravidando. Ao descobrir que teria gêmeos, a jovem se desesperou, pois, segundo a cultura pataxó, antigamente, um filho vinha ao mundo para espalhar o bem, e outro, o mal. O povo acreditava que gerar gêmeos era uma maldição, e, assim, quando os filhos nascessem, Ameshka teria de sacrificar um deles.

Pensando nisso, a jovem chorava sem parar e passou toda a gestação angustiada. Na hora do parto, mãe e bebês acabaram morrendo, o que reforçou, nos membros da aldeia, a ideia de que aquela gravidez fora uma maldição.

Chocados com o ocorrido, eles providenciaram o enterro e se mudaram de lugar. Após muitos anos, retornaram à antiga aldeia e viram que, na sepultura de Ameshka, havia nascido uma árvore. Por soltar uma resina branca semelhante a uma lágrima e dar duas frutinhas grudadas, muito doces, como se fossem gêmeas, deram a ela o nome de amesca.

A amesca é uma árvore muito importante para os pataxós. Sua seiva é utilizada em rituais sagrados desse povo, em forma de incenso, para espantar os maus espíritos e fortalecer o espírito dos guerreiros. Também tem uso medicinal fundamental: a seiva serve para combater dor de cabeça, dor de dente, sinusite, dor de barriga, entre outras enfermidades, e seu aroma é bastante agradável.

TXOPAI E ITOHÃ, A ORIGEM DA HUMANIDADE

Mito do povo pataxó

Antigamente, muito antes de haver gente no mundo, apenas os animais nele viviam. Eram numerosos e coabitavam em harmonia em todos os lugares. Diz-se que, nessa época, tudo era alegria; até mesmo urubus e gaviões, grandes inimigos hoje, eram, outrora, grandes compadres.

Cada animal tinha jeito próprio de viver. Porém, não havia chuva. Necessitando de água para beber e tomar banho, os animais pediram ao grande espírito criador que mandasse chuva. Foi o que aconteceu.

Um dia, no azul do céu, formou-se uma grande nuvem branca, que logo se transformou em chuva e caiu na terra. Ao final, a última gota de água a cair se transformou em gente.

A gota, transformada em gente, pisou na terra e, fascinada com a beleza ao redor, começou a observar a floresta, os pássaros voando e a água correndo com serenidade e dando origem aos rios.

Esse primeiro ser humano era um pataxó, que conhecia a época da boa colheita e da boa plantação, assim como a melhor maneira de pescar; sabia, ainda, fazer instrumentos de caça, além de muitos rituais e remédios extraídos das ervas.

Após a chegada à terra, ele passou a plantar, a caçar, a pescar e a cuidar da natureza. A vida do primeiro homem era muito divertida e saudável. Ele adorava contemplar o entardecer, as noites enluaradas e o amanhecer.

Durante o dia, o sol aquecia seu corpo. À tarde, ele apanhava lenha, fazia uma fogueira e admirava o céu. Na escuridão, a lua e as estrelas iluminavam seu caminho e tornavam suas noites muito alegres. No crepúsculo, ele acordava e ficava à espera do novo dia. Quando o sol apontava no céu, dava início ao seu trabalho e, assim, levava a vida trabalhando e vivendo, conforme o bem que a natureza lhe proporcionava.

Um dia, o homem realizou um ritual. Nele, viu uma grande chuva se aproximando, e que dela caíam muitas gotas, as quais se transformavam em gente, do mesmo modo que acontecera com ele tempos atrás.

– Quem são essas pessoas? – perguntou ao grande Espírito Criador.

– Elas virão lhe fazer companhia – disse o grande Espírito.

– E como são?

– São variadas. De inúmeras qualidades e habilidades. Uma diferente da outra. Mas isso não deve ser causa de desavenças. Estou

trazendo seus companheiros para que, juntos, vocês possam povoar a terra e fazê-la um lugar mais belo.

No dia previsto, caiu a grande chuva. Ao final, havia pessoas por todo lado: brancas, pretas, morenas, vermelhas. Estas últimas, o homem reuniu e falou:

– Meus parentes, cheguei aqui primeiro que vocês, mas vou partir.

E as pessoas perguntaram:

– Para onde você vai?

– Vou morar em Itohã, o céu, porque preciso protegê-los dessas outras pessoas que vieram com vocês, as quais, por serem diferentes, farão muito mal ao nosso mundo.

Os indígenas ficaram tristes, mas concordaram:

– Está bem, pode ir, mas não se esqueça do nosso povo.

Depois que o homem transmitiu toda a sua sabedoria aos parentes, falou:

– Meu nome é Txopai, porque sou o primeiro.

Ao se despedir, deu um salto e foi morar em Itohã. Daquele dia em diante, os indígenas começaram sua caminhada povoando a terra, trabalhando e se espalhando por todo o país. Os demais homens também seguiram seu caminho, mas, diferentemente dos indígenas, resolveram sumir no grande mar, a fim de povoar o outro lado do mundo.

O povo pataxó preferiu ficar onde tudo começou. Sua origem está na água da chuva que cai no chão e se mistura à terra, transformando-se em homens sábios e em grandes guerreiros amigos de Txopai.

BRUAGA, O HOMEM-VERME

Mito do povo pankararu

Tentando uma comparação com algo conhecido, no decorrer do tempo, houve gente que o chamou de "homem-larva", "homem--lombriga", "homem-sanguessuga". Como pesquisadores dos mitos dos povos indígenas, pensamos que Bruaga é a mistura de tudo isso – um verme que anda e come cérebro, chupa sangue... algo bem nojento, para não dizer amedrontador.

Como nosso objetivo é focar em mitos esquecidos, vimos em Bruaga uma das entidades mais incríveis das crenças nativas do Brasil.

Eis a lenda dos pankararus: um homem-verme medonho, cuja existência depende não só da crença do povo que o criou como também de sua característica nojenta, cujo corpo, quando rasteja, deixa rastros de gosma, indicando o caminho por onde passou.

Sugar animais é a fonte de sobrevivência de Bruaga. Mas ele também pode fazê-lo em pessoas adormecidas. Esse ser mitológico usa um dispositivo que faz adormecer as vítimas enquanto ele as suga como um morcego.

Esse foi um dos seres mais difíceis de conseguir informação, por não dispor de muita. O que não significa que devemos deixá-lo de lado. Na realidade, até os mitos mais esquecidos têm sua forma de sobrevivência. Eis o famigerado Bruaga.

GLOSSÁRIO

CAMACÃ – antigo povo jê, da família botocudo, que, em tempos passados, habitava o nordeste do estado de Minas Gerais e o sul da Bahia. Hoje, é tido como extinto.

CARIRI-JÊ – família etnolinguística do sertão nordestino pertencente ao tronco Jê.

FULKAXÓ – povo jê de origem nos estados de Alagoas e Sergipe.

FULNIÔ – povo jê do estado de Pernambuco, da família cariri. Único povo que nunca perdeu o idioma, mesmo em tempos de perseguição à sua cultura.

GARANHUNS – cidade-município do estado de Pernambuco; daí, de acordo com o mito, surgiu seu nome, que significa "campo de lobos", na língua tupi.

ITOHÃ – céu, na língua patxohã, dos pataxós.

KARAMURÚ – é também o nome, na língua tupi, da lampreia.

KLETXA – "folha", na língua yateh, do povo fulniô.

MANDACARU – planta da família dos cactos, comum no sertão nordestino.

PATAXÓ – povo jê da família botocudo, habitante do sul da Bahia e do nordeste de Minas Gerais.

POTIGUARA – povo indígena de origem tupi, habitante tradicional dos atuais estados da Paraíba e do Rio Grande do Norte.

SERRA DA BARRIGA – planalto do tipo serra localizado no estado de Alagoas que pertence ao município de União dos Palmares, famoso por ter sido sede dos mocambos dos Palmares.

SERTÃO DO CARIRI – região geográfica localizada entre os estados da Paraíba, do Rio Grande do Norte e do Ceará.

TABAJARA – povo indígena de origem tupi, habitante tradicional do Ceará.

WASÚ – também conhecido como wasú-cocal. Povo tupi, nativo do estado de Alagoas.

XERIMBABO – animal de criação. Palavra da língua tupi e do nheengatu.

XOKÓ – povo da família étnica cariri, habitante tradicional do estado de Alagoas.

XUKURU – povo indígena de origem jê, da família cariri, habitante do estado de Pernambuco.

SOBRE
YAGUARÊ YAMÃ

Yaguarê Yamã, além de escritor, é ilustrador, professor, geógrafo e ativista indígena nascido no Amazonas.

Morou em São Paulo, onde se licenciou em Geografia pela Universidade de Santo Amaro (Unisa), iniciando a carreira de professor, escritor, ilustrador e palestrante de temáticas indígenas e ambientais.

Em 2004, retornou ao Amazonas, com o objetivo de retomar o processo de reorganização do povo maraguá e lutar pela demarcação de suas terras. Em 2015, criou a Associação do Povo Indígena Maraguá (Aspim).

É integrante do Movimento de Literatura Indígena desde 1999, quando publicou seu primeiro livro, *Puratig o remo sagrado*. É um dos iniciadores desse movimento. Com isso, atuou no Núcleo de Escritores Indígenas (NEArIn) e no Instituto Indígena Brasileiro para Propriedade Intelectual (Inbrapi), além de fazer parte, como vice-presidente, do Instituto WEWAÁ para a Literatura Indígena na Amazônia.

É autor de mais de quarenta livros, entre eles livros infantis, dicionários e contos. Alguns deles receberam o selo Altamente

Recomendável (FNLIJ), foram selecionados para o White Ravens, da Biblioteca de Munique, Alemanha, participaram da Feira de Bolonha, Itália, e foram indicados ao PNBE.

Como ilustrador, é especialista em grafismos indígenas e tem trabalhos nos próprios livros, além de participação em obras de outros autores.

É membro da Academia Parintinense de Letras (APL) e, desde 2020, atua como sócio-fundador da Academia da Língua Nheengatu (ALN), na companhia de várias lideranças, atuando, por toda a bacia amazônica, no resgate da Língua Geral como franca.

SOBRE
IKANÊ ADEAN

Ikanê Adean Aripunãguá é natural de Manaus, no Amazonas. Tem 25 anos e é liderança jovem intelectual do povo maraguá.

É professor de educação física, com formação na Universidade do Estado do Amazonas (UEA).

Especialista em lendas e mitos de origem indígena e pesquisador de esportes e lutas nativas, é autor de alguns livros infantojuvenis, entre eles *Kunumaã, um curumim quer ir à lua*, *O mágico Quatipuru* e *A lenda de piripirioca*, perfume da Amazônia.

O que pensa e deseja é continuar os estudos e mergulhar ainda mais na literatura infantojuvenil, para onde leva as vivências da aldeia e a contação de histórias, muito comum na cultura de seu povo.